Du CE1
au CE2

LES LÉGENDAIRES

Petites énigmes extraordinaires

Activités conçues par
Aurore Meyer

LAROUSSE

Direction de la publication : Carine Girac-Marinier
Direction éditoriale : Julie Pelpel-Moulian
Édition : Célia Reynaud, Gwenaëlle Hamon
Correction : Audrey Peuportier
Direction artistique : Uli Meindl
Mise en pages : SKGD-Création
Fabrication : Ombeline Canaud

Illustrations : ***Les Légendaires,*** volumes 1 à 23, de **Patrick Sobral**
© Shutterstock.com

ISBN : 978-2-03-600372-9
Achevé d'imprimer en Espagne par EGEDSA.
Dépôt légal : février 2021 - 327640/01
N° de projet : 11046078 - avril 2021

LES LÉGENDAIRES

INTRÉPIDES, ILS ÉTAIENT LES CINQ JUSTICIERS LÉGENDAIRES, PROTECTEURS DU MONDE D'ALYSIA. RIEN NE POUVAIT LES ARRÊTER ! SANS RELÂCHE, ILS COMBATTAIENT LE SORCIER NOIR DARKHELL ET CONTRECARRAIENT SES PLANS VISANT À S'EMPARER DU MONDE.

MALHEUREUSEMENT, PENDANT LEUR DERNIER AFFRONTEMENT CONTRE LE SORCIER, LES LÉGENDAIRES ONT FAIT UNE ERREUR, ET LA PIERRE DE JOVÉNIA A ÉTÉ BRISÉE ! TOUS LES HABITANTS DU MONDE D'ALYSIA SONT REDEVENUS DES ENFANTS.

DEVENUS DES PARIAS, LES LÉGENDAIRES SE SONT SÉPARÉS. MAIS DANAËL, LEUR CHEF, A ENTENDU PARLER D'UN MOYEN DE RAMENER L'ÉQUILIBRE… LES LÉGENDAIRES VONT DEVOIR REFORMER LEUR ÉQUIPE POUR SE FAIRE PARDONNER. PAS FACILE QUAND ON NE MESURE QU'1 M 30 !

MAIS DANAËL, JADINA, RAZZIA, SHIMY ET GRYF ONT PLUS D'UN TOUR DANS LEUR SAC !

CAR, APRÈS TOUT, HÉROS UN JOUR…

Sommaire

Sommaire par compétence

MATHS

FRANÇAIS

Les Légendaires

DANAËL EST LE LEADER DES LÉGENDAIRES. D'UNE GRANDE NOBLESSE D'ESPRIT, CE CHEVALIER DU ROYAUME S'EST FIXÉ POUR BUT DE COMBATTRE L'INJUSTICE PARTOUT DANS LE MONDE D'ALYSIA.

DANAËL

GRYF EST LE MEILLEUR AMI DE DANAËL ET LE PLUS COURAGEUX DES LÉGENDAIRES. MAIS SON COURAGE S'ACCOMPAGNE D'UN CARACTÈRE IMPULSIF QUI LUI ATTIRE SOUVENT DES ENNUIS.

GRYF

JADINA EST PRINCESSE ET MAGICIENNE. C'EST UNE ENFANT GÂTÉE PARFOIS INSUPPORTABLE, MAIS D'UNE GRANDE INTELLIGENCE ET D'UN GRAND COEUR.

JADINA

RAZZIA

RAZZIA EST LE PLUS FORT DES LÉGENDAIRES. SA JOVIALITÉ LUI PERMET DE SURMONTER SES COMPLEXES ET IL RÉPOND TOUJOURS PRÉSENT LORSQUE SES AMIS ONT BESOIN DE LUI.

SHIMY EST UNE ELFE ÉLÉMENTAIRE, ELLE PEUT FUSIONNER AVEC LE FEU, L'EAU ET LA TERRE, D'OÙ ELLE TIRE SES POUVOIRS. ELLE MONTRE TRÈS PEU SES SENTIMENTS.

SHIMY

L'amnésie de Danaël

L'amnésie de Danaël

Danaël se retrouve comme assommé, au beau milieu d'une grotte sombre et humide. Mais qu'a-t-il bien pu se passer ? Il reprend peu à peu ses esprits, ses joues redeviennent roses. Il regarde autour de lui mais ne voit rien tant l'obscurité est grande. Il secoue la tête, tente de réfléchir et de rassembler ses souvenirs. Il se frotte la tête et sent comme une grosse bosse. Il va devoir constater les dégâts en sortant au plus vite de cet endroit sinistre.

BIEN QUE VAILLANT, DANS SON ÉTAT, DANAËL A BESOIN DE TON AIDE. SUIS-LE ET TENTE DE RÉSOUDRE LE MYSTÈRE… TU SERAS COMME SON ANGE GARDIEN !

Le tunnel

ÉNIGME 1

Pour commencer, Danaël doit absolument sortir de cet endroit effrayant. S'il reste une minute de plus, il pourrait lui arriver malheur !

Aide Danaël à sortir du tunnel en complétant les bulles.

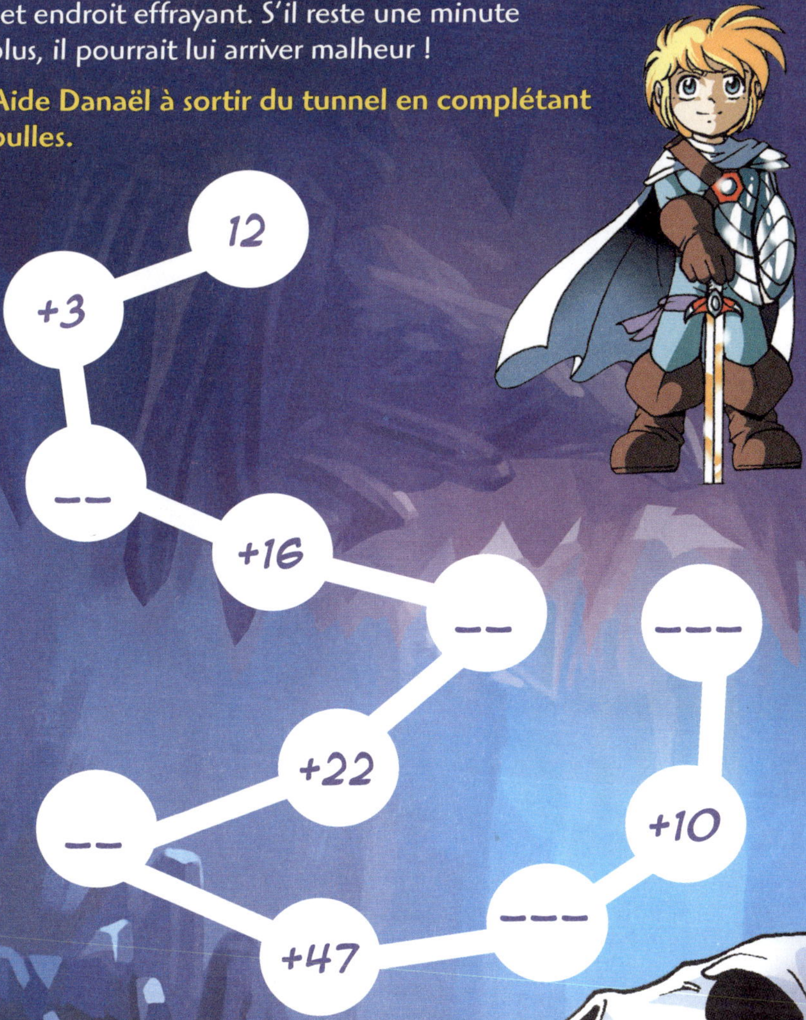

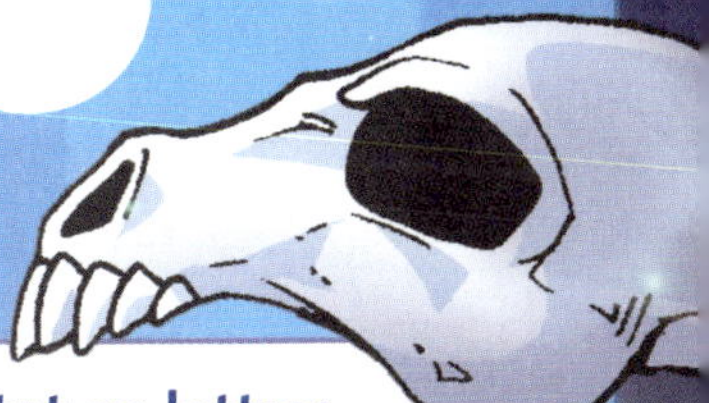

Complète l'écriture du dernier résultat en lettres.
Indice 1 : CENT-_ _ _ .

L'énigme d'Élysio

ÉNIGME 1

Ouf ! Danaël est enfin à l'air libre. Il semble avoir des visions. Oh, oh, Élysio, le Sorcier Noir qui se trouve juste devant lui, est tout sauf imaginaire ! On dirait qu'il a envie de s'amuser un peu avec Danaël, qui n'est pourtant pas très joyeux.

Réponds à l'énigme posée par Élysio pour qu'il laisse passer Danaël.

Complète avec le mot manquant.

Indice 2 : Quand quelque chose n'est pas proche, n'est pas à côté, on dit que c'est _ _ _ _ .

L'épée disparue

ÉNIGME 1

Bravo, Élysio a décidé de le laisser passer ! Mais avant de continuer sa mission, Danaël aimerait remettre la main sur son épée magique. Normalement, son épée revient à lui où qu'il se trouve mais là, cela ne fonctionne pas.

Barre tous les mots contraires dans ces grilles. Le mot qui reste est l'endroit où Danaël doit se rendre pour retrouver son épée.

ADROIT	FERMÉ	LENT
EST	NORD	VENDRE
SUD	OUVERT	~~MONTER~~
ACHETER	CAVE	OUEST
RAPIDE	~~DESCENDRE~~	MALADROIT

PROPRE	GENTIL
LONG	COURT
MÉCHANT	GAUCHE
CAMPAGNE	VILLE
DROITE	SALE

Quel est le mot qui reste ?
Indice 3 : _ _ _ _ .

Le message codé

ÉNIGME 1

Eh oui, Danaël se met à courir à toute vitesse en direction de la cave ! Il ne va pas tarder à remettre la main sur son épée d'or. Cette épée, forgée par les Elfes à partir de son propre sang, est très importante pour lui. Il aperçoit un coffre sur lequel est inscrit un message.

Remplace chaque lettre par celle qui suit dans l'alphabet pour déchiffrer le message. Considère que la lettre après le Z est le A !

I'ZH BZBGD SNM DODD CZMR BDSSD ANHSD. NTUQD-KZ DS DKKD DRS Z MNTUDZT Z SNH !

....

....

....

....

Quelle est la 5e lettre de l'alphabet ?
Indice 4 : _ .

Le bon mot

ÉNIGME 1

Danaël se souvient des dernières paroles de la personne qui l'a assommé. Cet homme disait : « C'est pour te protéger, petit. En tant que Faucon d'Argent, membre de cette armée d'élite, je devais réussir ma mission de sauvetage. Toi aussi, avant d'être un Légendaire, tu étais un Faucon d'Argent, tu dois me comprendre. »

Suis les lignes pour mettre les lettres de ce mot au bon endroit et aider ainsi Danaël à retrouver ses esprits.

Peux-tu trouver l'infinitif ?
Indice 5 : _ _ _ _ _ _ _ .

La personne mystère

ÉNIGME 1

Ouf, Danaël est parvenu jusque-là sain et sauf !

Mais avant de crier victoire, il te faut réunir tes indices… Tu sauras alors qui est le coupable. Danaël a déjà pardonné à cette personne mystère car il sait que ce qui lui est arrivé était pour son bien.

Indice 1

2E LETTRE DE L'INDICE

Indice 2

2E LETTRE APRÈS
LA 3E LETTRE DE L'INDICE

Indice 3

2E LETTRE DE L'INDICE

Indice 4

Indice 5

4E LETTRE DE L'INDICE

LE COUPABLE EST : _ _ _ _ _.

Merci pour ton aide, mais tes aventures ne sont pas encore terminées !

Jadina à la recherche de la Temporhell

Jadina à la recherche de la Temporhell

La Temporhell est complètement déréglée ! Quand elle est aux mains d'une personne malintentionnée, cette machine temporelle peut faire des ravages. Conçue par le Sorcier Noir, Darkhell, la machine permet d'envoyer quelqu'un dans le futur... ou dans le passé. Quel Légendaire pourrait résoudre ce problème ? La belle Jadina ! Elle devra mettre la main sur l'engin le plus vite possible et le désactiver.

JADINA EST POUR L'INSTANT TOUJOURS EN COMPAGNIE DES LÉGENDAIRES, MAIS ELLE DOIT PARTIR SEULE POUR CETTE MISSION...

La dispute

ÉNIGME 2

Avant de partir, Shimy met son grain de sel et donne de nombreux conseils à Jadina… qui n'entend pas se laisser marcher sur les pieds ! Comme d'habitude, elles se disputent et chaque fois que l'une dit quelque chose, l'autre dit le contraire.

Complète le tableau en utilisant des phrases affirmatives ou négatives.

PHRASES NÉGATIVES	PHRASES AFFIRMATIVES
JE N'AIME PAS UTILISER MES POUVOIRS.	J'AIME UTILISER MES POUVOIRS.
ON N'A PAS LE DROIT DE RÊVER.	……………………………………
TU NE GAGNES JAMAIS.	……………………………………
……………………………………	TU ES LA PLUS FORTE.
……………………………………	TU M'AMUSES AVEC TES IDÉES.

Combien y a-t-il de phrases négatives dans ce tableau ?
Indice 1 : _ .

Les nombres manquants

ÉNIGME 2

Jadina peut enfin prendre la route. Elle se dirige vers la contrée de Klafooty et en chemin, elle rencontre cinq monstres. Chacun dépose devant elle un parchemin contenant un étrange triangle identique, mais avec des nombres différents.

Observe le modèle ci-dessous et complète les emplacements vides avec le bon nombre.

Calcule les sommes des deux ronds jaunes de part et d'autre de chaque triangle.

_ _

_ _

Le monstre qui laisse passer Jadina est celui qui a proposé le triangle avec la plus grande somme. Quel est ce résultat ?

Indice 2 : _ _ _ .

Les angles droits

ÉNIGME 2

Ce monstre est particulièrement têtu ! Il réclame des angles droits, sinon il enferme Jadina dans sa grotte à tout jamais. Jadina a une idée ! Grâce à son bâton-aigle, elle projette de l'énergie magique sous de nombreuses formes.

▶ **Aide-la à trier les angles en n'entourant que ceux qui sont des angles droits.**

Combien comptes-tu d'angles droits ?
Indice 3 : _ .

Portrait craché

ÉNIGME 2

Jadina s'est échappée et a enfin atteint la Temporhell !
Mais la machine a réactivé Jadilyna, la fondatrice du royaume d'Orchidia, qui ressemble à s'y méprendre... à Jadina !

Aide Jadina à colorier les figures créées par la Temporhell en symétrie.

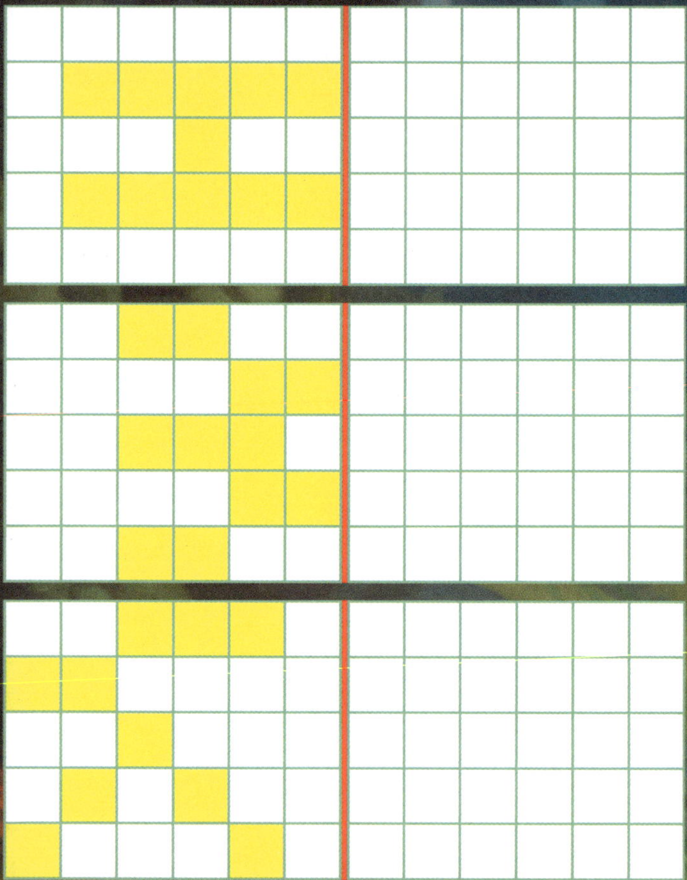

Comment s'appelle la ligne rouge qui sépare les figures ?
Indice 4 : L'A _ _ _ E _ Y _ _ _ _ _ _ _ .

Les temps

ÉNIGME 2

La Temporhell délivre plein de phrases que Jadina tente de comprendre. Cette dernière approche du but !

Écris sous chaque phrase : présent, passé ou futur.

- DEMAIN, TU N'IRAS NULLE PART.

....

- HIER, TU AVAIS ÉCHOUÉ DANS TA MISSION.

....

- L'ÉTÉ PROCHAIN, NOUS DÉVOILERONS NOTRE SECRET.

....

- EN CE MOMENT, JE SUIS DÉRÉGLÉE.

....

- ACTUELLEMENT, TU FAIS APPARAÎTRE TON ÉCLAIR MAGIQUE.

....

Combien comptes-tu de phrases au futur ?
Indice 5 : _ .

Le code de désactivation

Énigme 2

Jadina, l'ancienne princesse d'Orchidia, a réussi à déjouer les pièges des adversaires les plus redoutables !

Mais avant de crier victoire, il te faut réunir tes indices… et tu n'as pas le droit à l'erreur ! Tu connaîtras alors le code de désactivation de cette machine infernale !

Indice 1

L'INDICE

Indice 2

LE 1ER CHIFFRE DE L'INDICE

Indice 3

L'INDICE

Indice 4

LA POSITION DE LA DERNIÈRE LETTRE DE L'INDICE DANS L'ALPHABET

Indice 5

L'INDICE

LE CODE DE DÉSACTIVATION EST : _ _ _ _ _.

Merci pour ton aide, mais tes aventures ne font que commencer !

Gryf et le talisman désactivé

Gryf et le talisman désactivé

Gryf vient de subir un maléfice ! Il risque à tout moment de contracter le chakounia, la maladie génétique de son espèce, les Jaguarians. Dès qu'un Jaguarian malade se trouve proche d'un autre, ses yeux deviennent tout rouges, sa force est décuplée, il ne se souvient plus de rien et devient une bête sauvage assoiffée de sang.

NORMALEMENT, GRYF EST IMMUNISÉ GRÂCE À SON KATSEYE, UN TALISMAN QU'IL PORTE SUR LE FRONT, VISANT À PROTÉGER SON PORTEUR DES CRISES DE CHAKOUNIA. MAIS SON KATSEYE NE SEMBLE PLUS FONCTIONNER. POUR LE RÉACTIVER, QUE DOIT-IL FAIRE ? TU LE SAURAS EN TOURNANT CES PAGES...

Les mots à classer

ÉNIGME 3

Une seule personne pourrait aider Gryf, si seulement elle était disposée à le faire... Qui est-ce et où la trouver ?

Lis cette lettre et classe chaque mot en rouge dans le tableau.

PETIT GRYF, DEPUIS LE DÉBUT, LES DIEUX
VEULENT TESTER TES CAPACITÉS.
SI TU VEUX RÉCUPÉRER TON TALISMAN,
TU DOIS TE RENDRE PAR TES PROPRES
MOYENS AU CHÂTEAU DU GARDIEN,
LA CRÉATURE CRÉÉE PAR LES DIEUX.
ELLE VEILLE SUR LES PIERRES DIVINES.
LÀ-BAS, À KLASHINGA, TU RENCONTRERAS
PEUT-ÊTRE DES SANGLIERS, MAIS LE GARDIEN
TE DIRA QUOI FAIRE ! AVANCE RAPIDEMENT
AVANT LA NUIT, LES LOUPS RÔDENT !
EN CHEMIN, TU RENCONTRERAS DES LAPINS
ET DES BLAIREAUX. FAIS BIEN ATTENTION !

NOM DE PERSONNE	NOM DE CHOSE	NOM DE LIEU	NOM D'ANIMAL

Combien comptes-tu de phrases dans cette lettre ?
Indice 1 : _ .

Drôles de bagages

ÉNIGME 3

Gryf se met en route. Mais avant de partir, il a besoin de son girawa comme monture pour transporter ses bagages lors du voyage.

Chaque figure ci-dessous représente un bagage. Colorie chaque figure selon l'étiquette qui lui correspond.

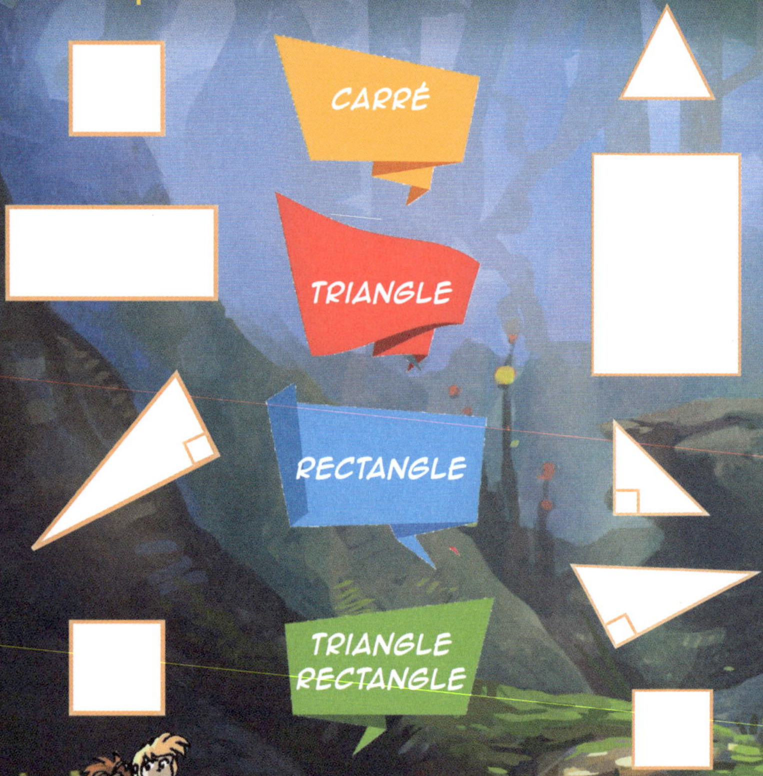

Combien de carrés comptes-tu ?
Indice 2 : _ .

Les galeries souterraines

ÉNIGME 3

Quelle horreur ! D'horribles créatures, les Zar-Ikos, veulent la peau de Gryf ! Il a le choix d'emprunter cinq galeries souterraines pour tenter de s'enfuir mais il devra trouver la bonne.

Chaque segment ci-dessous représente une galerie. Mesure-les avec ta règle et écris leur longueur en cm.

1 ____

2 ____

3 ____

4 ____

5 ____

Quelle est la galerie qui mesure 6,6 cm ? C'est celle que doit emprunter Gryf.
Indice 3 : _ .

La même famille

ÉNIGME 3

Même en empruntant cette galerie, Gryf a du mal à se débarrasser de ces sales plantes. Il s'enduit de bulles de mucus visqueux pour que les Zar-Ikos ne le sentent pas et ne puissent pas le retrouver.

Colorie de la même couleur les mots de la même famille.

Combien vois-tu de familles de mots ?
Indice 4 : _ .

Tic-tac

ÉNIGME 3

Le Gardien du château lui impose un temps pour parvenir au donjon et venir réactiver le talisman dans sa machine infernale. Gryf doit donc bien régler sa montre !

Complète les horloges en dessinant les aiguilles qui manquent.

IL EST 3 HEURES.

IL EST 7 HEURES ET DEMIE.

IL EST 8 HEURES.

IL EST 10 HEURES.

IL EST 21 HEURES 30.

IL EST 21 HEURES.

S'il est 2 heures de l'après-midi, comment l'écrit-on le plus souvent : 14 h 00, 12 h 00 ou 14 h 02 ?

Indice 5 : _ _ h _ _ .

La réactivation du talisman

ÉNIGME 3

En tant que créature des dieux, le Gardien est doté d'immenses pouvoirs. Il est capable de téléporter des objets et de donner des pouvoirs à qui il le souhaite. Il autorise Gryf à utiliser une seule fois sa machine lui permettant de réactiver le talisman.

Reporte les indices dans les cases ci-dessous pour réactiver le talisman.

Indice 1
L'INDICE

Indice 2
LE DOUBLE DE L'INDICE

Indice 3
LA MOITIÉ DE L'INDICE

Indice 4
L'INDICE PLUS DEUX

Indice 5
LE 1ER CHIFFRE DE L'INDICE

LE CODE DE RÉACTIVATION EST :
_ _ _ _ _.

Ouf, cette fois, Gryf peut repartir sereinement vers d'autres aventures légendaires !

Shimy et la potion de guérison

Shimy et la potion de guérison

Même si elle peut paraître un peu froide et autoritaire, Shimy a le cœur tendre. Et surtout quand il s'agit de son animal de compagnie, qui la suit depuis qu'ils sont enfants. Malheureusement, Lionfeu a l'air bien malade ces derniers temps...
Shimy décide donc de partir en quête d'un philtre de guérison pour remettre sur pattes son ami.

POURRA-T-ELLE PRÉPARER LA POTION
QUI FERA GUÉRIR LIONFEU ?
ET SI TU L'AIDAIS UN PEU ?

Listes de mots

ÉNIGME 4

Shimy fait appel à son esprit d'analyse pour savoir quelle personne peut vraiment l'aider.

Trouve le mot-étiquette de chaque liste de mots, comme dans l'exemple.

Trouve le mot-étiquette commençant par A pour connaître le nom de la personne qui peut aider Shimy.

Indice 1 : _ _ _ _ _ _ .

La personne associée à ce mot est : ....

Les mots à trouver

ÉNIGME 4

Le professeur Vangelis est de bonne humeur et paraît bien décidé à aider cette pauvre Shimy.

Écris sous chaque dessin le mot qui lui correspond, puis récolte les lettres des cases jaunes de la première et de la seconde ligne.

_ _ _ _ _ _

_ _ _ _ _

_ _ _ _ _

_ _ _ _ _ _

_ _ _ _ _ _

_ _ _ _ _

Quel mot apparaît dans les cases jaunes ?
C'est l'endroit où doit se rendre Shimy.
Indice 2 : _ _ _ _ _ _ .

Décalage horaire

ÉNIGME 4

Shimy doit donc se rendre dans le monde elfique, mais elle est à Alysia. Pas de problème pour elle ! Elle va utiliser sa clé elfique pour voyager, cependant il y a toujours un décalage horaire entre les deux mondes. Quand il fait jour dans son monde, il fait nuit à Alysia ; et inversement.

Complète en indiquant les heures.

__ H OO (MATIN)

__ H OO (NUIT)

__ H OO (APRÈS-MIDI)

__ H OO (MATIN)

__ H OO (S_IR)

Quelle est la lettre surlignée en jaune ?
Indice 3 : _ .

La recette

ÉNIGME 4

Shimy est arrivée à Astria. Elle a trouvé le philtre de guérison grâce aux indications du professeur Vangelis. Malheureusement, le flacon est tombé et s'est cassé ! Heureusement, le professeur lui a laissé la recette pour fabriquer le fameux philtre de guérison.

Ajoute les bouteilles qu'il faut pour obtenir 2 litres (2 l) de chaque ingrédient.

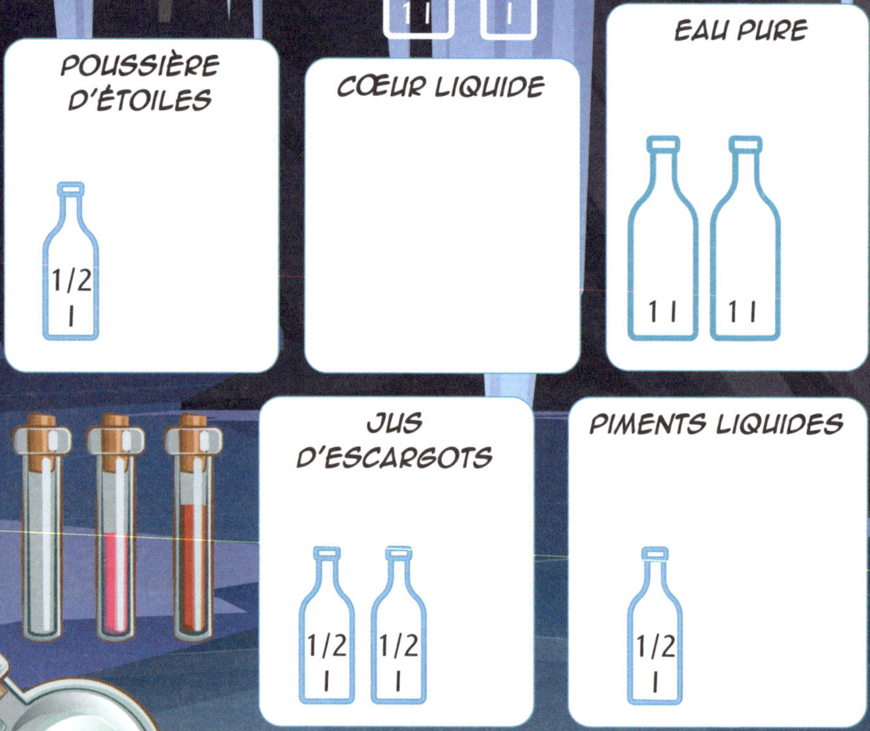

Quel ingrédient était déjà complet ?
Indice 4 : L'_ _ _ _ _ _ _ .

Au gramme près

ÉNIGME 4

Juste avant de terminer sa mission, Shimy voudrait bien acheter un gâteau aux pistaches pour accompagner la boisson de Lionfeu. Elle fait un détour par Matasa, la ville portuaire de Rymar.

Observe bien les quatre balances et trouve celle qui n'indique pas le bon poids.

Écris le mot kg en entier.
Indice 5 : _ _ _ _ _ _ _ _ _ _ _ .

Le philtre de guérison

ÉNIGME 4

Shimy verse une goutte de philtre de guérison dans la gamelle de Lionfeu mais avant, elle doit dire un petit mot magique. Ainsi, comme par enchantement, Lionfeu reprendra du poil de la bête !

Reporte les indices dans les cases ci-dessous pour trouver le mot magique.

Indice 1

1RE LETTRE DE L'INDICE

Indice 2

4E LETTRE APRÈS LA 5E LETTRE DE L'INDICE

Indice 3

L'INDICE

Indice 4

LA 3E LETTRE DE L'INDICE

Indice 5

LA 6E LETTRE DE L'INDICE

LE MOT MAGIQUE EST : _ _ _ _ _.

Lionfeu et Shimy peuvent à nouveau continuer de vivre ensemble leurs aventures !

Razzia sur les traces de la fleur de Moon

Razzia sur les traces de la fleur de Moon

Jadina a de gros ennuis et seul le plus fort des Légendaires peut lui venir en aide aujourd'hui. Victime d'une malédiction inconnue, Jadina a besoin d'une infusion de fleurs de Moon avant la tombée de la nuit. Sinon, tous ses pouvoirs magiques seront mis dans les mains du chaos.

JADINA EST TERRASSÉE PAR LE MAL. RAZZIA DOIT LA SAUVER ! IL PASSE AUSSITÔT À L'ACTION ET DÉCOUVRE UN LIVRE MYSTÉRIEUX...

Le livre

ÉNIGME 5

Rokamadoor, le grand prophète, est connu pour avoir des dons de divination. Il y a trois mille ans, il a rédigé l'*Alystory*, le livre relatant les plus grands événements à venir d'Alysia. Razzia y trouvera peut-être une indication sur la marche à suivre pour trouver cette fameuse fleur de Moon !

Colorie de la même couleur les paires de synonymes et trouve l'intrus.

AMUSANT	CONTENT	MÉTIER	VILAIN
CAPTURER	LAID	GLACE	RAVI
RUSÉ	ATTRAPER	DÔME	MIROIR
DIFFICILE	COMPLIQUÉ	MALIN	PROFESSION
	RIGOLO		

Note l'intrus pour trouver le mot-mystère.
Indice 1 : _ _ _ _ .

Vers le dôme

ÉNIGME 5

Razzia doit se diriger vers le dôme d'Orchidia.
Rokamadoor parle d'un dôme. Un dôme… ça doit être l'Arbre de Gaméra, créature divine dotée de grands pouvoirs !
Quel chemin sera le plus court ?

Pour savoir quel chemin est le plus court, trouve celui dont le total ne fait pas 13.

Écris en lettres le nombre que tu as trouvé qui ne fait pas 13.

Indice 2 : _ _ _ _ _ .

Que dis-tu ?

ÉNIGME 5

Razzia se précipite dans la forêt d'Orchidia en empruntant un raccourci, ce qui va lui faire gagner beaucoup de temps. Il rencontre un Orchidien, mais on dirait qu'il a du mal à se faire comprendre.

Remets les mots dans le bon ordre, ligne après ligne, pour comprendre ce que dit Razzia.

ZENTIL BONZOUR, ZE UN GARZON. ZUIS
NE TROUVE LA ZE DIRECTION. BONNE PAS
M'AIDER ? POUVEZ-VOUS
DE ZE TROUVER GAMÉRA. L'ARBRE DOIS
MERZI !

....
....
....
....
....
....

Combien y a-t-il de lettres dans l'alphabet ?
Donne la réponse en lettres.

Indice 3 : L'alphabet est constitué de _ _ _ _ _ - _ _ _ lettres.

Les fleurs de Moon

ÉNIGME 5

Razzia arrive près de l'Arbre de Gaméra. Il sort son Léviathan, un sabre à la lame épaisse. Hop, un grand coup de sabre et il a dans les mains un bouquet de fleurs de Moon ! Ouf !

Aide Razzia à ne prendre que la fleur dont le total est le plus grand. Entoure-la.

846
− 746

189
− 119

148
− 8

179
− 101

663
− 463

Additionne les trois chiffres du résultat le plus grand. Écris ce résultat en lettres.
Indice 4 : _ _ _ _ .

Le temps presse

ÉNIGME 5

La nuit est presque tombée et Razzia n'est toujours pas arrivé. L'état de Jadina empire minute après minute. Or il doit lui préparer l'infusion avant de la lui faire boire.

Lis la recette et écris le nombre de syllabes des mots en rouge.

TU BROIES LA FLEUR.

-> ....

TU VERSES UNE GOUTTE DANS DE L'EAU PURIFIÉE. -> ....

TU CROISES LES DOIGTS. -> ....

VOUS RESPIREZ TROIS GRANDS COUPS.

-> ....

ELLE FINIT TOUT.

-> ....

VOUS CRIEZ ET RECOMMENCEZ SI BESOIN.

-> ....

SI VOUS AVEZ DE LA CHANCE, NORMALEMENT, ELLE EST SAUVÉE !

-> ....

Additionne toutes les syllabes. Combien en as-tu trouvé ?
Écris le nombre en lettres.
Indice 5 : _ _ _ - _ _ _ _ .

La guérison

ÉNIGME 5

Razzia arrive tout juste, Jadina est endormie...
Des larmes roulent sur ses joues rebondies mais tout à coup, elle ouvre un œil, puis l'autre. Pour qu'elle se rétablisse complètement, il doit dire un dernier mot magique.

Reporte les indices dans les cases ci-dessous pour trouver le mot magique.

Indice 1
3E LETTRE DE L'INDICE

Indice 2
1RE LETTRE DE L'INDICE

Indice 3
3E LETTRE DE L'INDICE

Indice 4
1RE LETTRE DE L'INDICE

Indice 5
5E LETTRE DE L'INDICE

LE MOT MAGIQUE EST :
_ _ _ _ _.

Ouf, Razzia a sauvé la vie de Jadina et lui a permis de retrouver tous ses pouvoirs pour poursuivre l'aventure !

Ténébris à la recherche de l'œil du dragon

Ténébris à la recherche de l'œil du dragon

Ténébris, l'ancienne ennemie jurée des Légendaires, est ravie de faire partie de leurs folles aventures. Mais elle doit quand même prouver à ses amis sa bonne foi, sa loyauté et son courage. Ce n'est pas tous les jours facile et une nouvelle mission l'attend !

UN ŒIL DU DRAGON A ÉTÉ CACHÉ DANS UNE FORTERESSE IMPRENABLE. S'IL TOMBE ENTRE DE MAUVAISES MAINS, PAS DE DOUTE, LA CONSÉQUENCE SERA TERRIBLE ! TÉNÉBRIS SE LANCE À SA RECHERCHE...

L'ordre alphabétique

ÉNIGME 6

Avant de commencer, Ténébris est-elle en tenue pour sa mission ? Elle a changé d'allure après avoir rejoint les Légendaires...

Classe ces mots dans l'ordre alphabétique.

PULL	1.....BOTTES.....
COMBINAISON	2.....................
CAPE	3.....................
GANTS	4.....................
CHEMISE	5.....................
BOTTES	6.....................
PANTALON	7.....................
JUPE	8.....................
ROBE	9.....................
CHAPEAU	10.....................

Aucun des mots ci-dessus ne commence par une voyelle. Combien y a-t-il de voyelles dans l'alphabet ?

Indice 1 : _ .

Le message à déchiffrer

ÉNIGME 6

Ténébris commence à fouiller la pièce pour essayer de mettre la main sur cet objet incroyable… quand elle aperçoit un message inscrit sur un mur.

Sépare les mots par des barres pour déchiffrer le message.

QUEVIENS-TUCHERCHER ? DÉPÊCHE-TOI
DETROUVERAVANTQUEQUELQU'UND'AUTRE
NETEDÉPASSE !JESAISQUECETŒILT'INTÉRESSE
BEAUCOUPETJEVEUXT'AIDER.
SITUVEUXTROUVERL'ŒILDUDRAGON,DIRIGE-TOI
PLUTÔTVERSLEHAUT. JETESOUHAITE
BONCOURAGE,TÉNÉBRIS.

Combien de phrases comptes-tu dans ce message ?
Indice 2 : _ .

L'escalade

ÉNIGME 6

En plus de leurs lames rétractables, les bracelets de Ténébris sont aussi équipés d'un grappin. Voilà qui lui sera bien utile pour escalader la forteresse ! Devant elle, se dressent quatre murs différents.

Relie les points rouges avec ta règle.

MUR 1

MUR 2

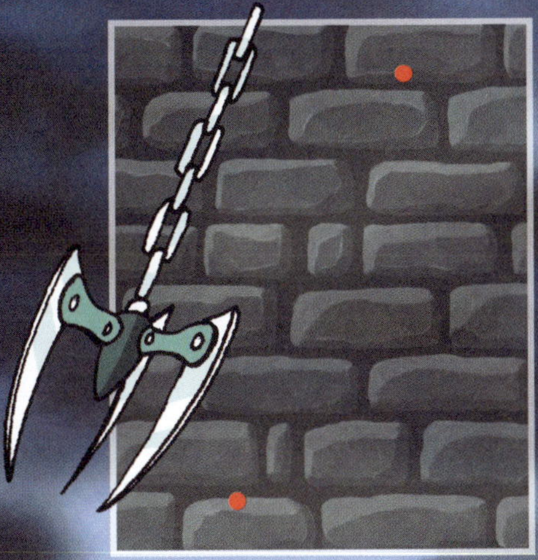

MUR 3

MUR 4

Quelle est la longueur du grappin du mur n°3 ?
C'est le mur que choisit Ténébris.
Indice 1 : _ cm.

Que choisir ?

ÉNIGME 6

Ténébris grimpe et atterrit tout en haut, mais elle ne sait pas exactement par où elle doit passer.

Quel tunnel Ténébris va-t-elle emprunter ?
C'est celui dans lequel tous les mots sont des noms communs.

1er tunnel	2e tunnel	3e tunnel
PARIS	AVION	TOBOGGAN
CHIEN	RENARD	POUPÉE
LISBONNE	FRANCE	CAMION
NATHAN	CHAMEAU	MAISON
OURS	JULIE	FLEUR
BÉBÉ	TROUSSE	TRAIN
DESSIN		

Trouve le nom qui correspond au verbe,
comme sur cet exemple : cuisiner : la cuisine.
Indice 4 : chanter : le _ _ _ _ _ .

ÉNIGME 6

Le bracelet magique

La Légendaire atteint son but ! Mais un ennemi est posté devant la cage de verre contenant l'œil du dragon. Une seule solution, Ténébris doit absorber toute son énergie pour pouvoir accéder à l'œil en toute sécurité. Elle pointe son bracelet gauche vers son ennemi et absorbe son énergie.

Calcule au fur et à mesure l'énergie absorbée par Ténébris. Pose les additions si nécessaire.

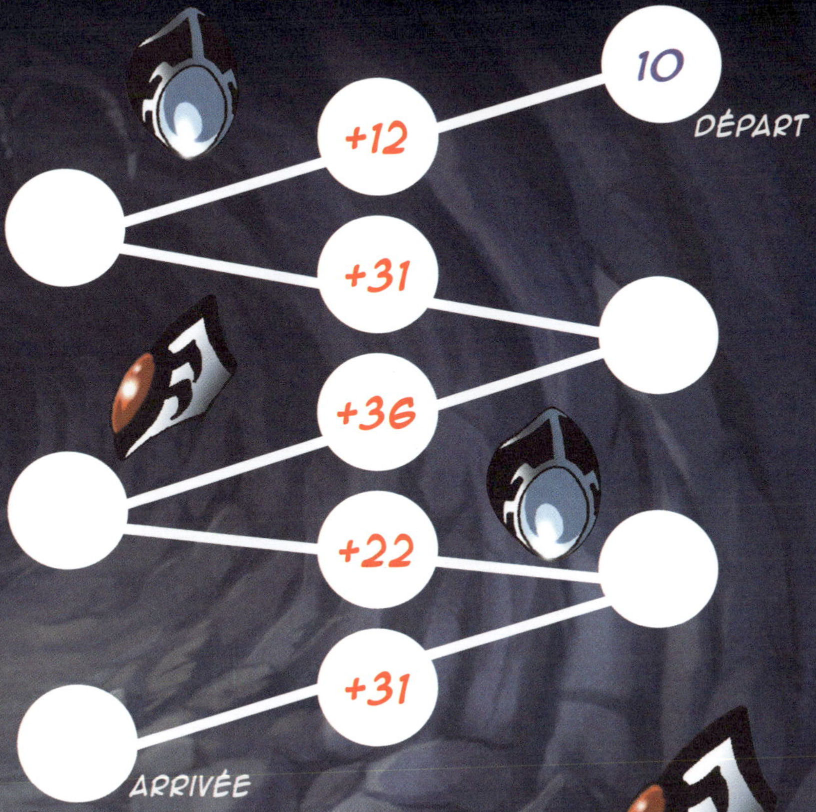

Combien reste-t-il d'énergie à Ténébris à la fin ?
Indice 5 : _ _ _ .

L'œil du dragon

ÉNIGME 6

Ténébris a réussi à récupérer l'œil du dragon.
Il ne lui reste plus qu'à le sceller à tout jamais dans une cage renforcée. Mais avant de crier victoire, il faut réunir les indices... Elle connaîtra alors le code pour enfermer l'œil du dragon éternellement !

Reporte les indices dans les cases ci-dessous pour refermer la cage à tout jamais.

Indice 1

L'INDICE

Indice 2

L'INDICE

Indice 3

L'INDICE

Indice 4

LA POSITION DANS L'ALPHABET DE LA 1RE LETTRE DU MOT TROUVÉ

Indice 5

LE 1ER CHIFFRE DE L'INDICE

LE CODE POUR ENFERMER L'ŒIL DU DRAGON EST : _ _ _ _ _ .

Merci pour ton aide.
Tes aventures continuent !

Les cinq boules de cristal

Les cinq boules de cristal

Danaël, Razzia, Gryf, Jadina et Shimy ont relevé l'un après l'autre leurs missions haut la main.

Les Légendaires ont encore une épreuve à remporter.

Une carte dessinée par les anciens leur indique l'emplacement de cinq boules de cristal.

POUR ÉVITER QU'ELLES NE TOMBENT ENTRE LES GRIFFES DES FORCES DU MAL, CHACUN DEVRA RÉSOUDRE UNE ÉNIGME POUR RÉCUPÉRER UNE BOULE DE CRISTAL. À TOI DE LES AIDER...

ÉNIGME 7

La pyramide

Danaël est chargé de récupérer la boule bleu clair.
Cette boule est le symbole de l'honneur.

Additionne les 2 chiffres du bas pour obtenir, à chaque fois, celui du haut. Si Danaël parvient à remplir la pyramide et à trouver le résultat au sommet, il obtient la boule bleu clair.

L'étoile

ÉNIGME 7

Razzia doit s'occuper de la boule orange.
Cette boule est le symbole de la force.

Reproduis l'étoile à quatre branches à l'aide des points, en utilisant ta règle. Razzia obtiendra ainsi la boule orange.

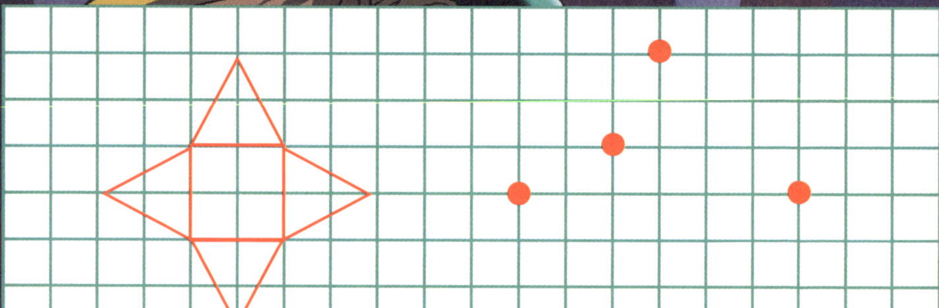

Le mot croisé

ÉNIGME 7

Gryf doit mettre la main sur la boule rouge.
Cette boule est le symbole du courage.

Mets les noms ci-dessous au pluriel et place-les dans la grille. Gryf obtiendra ainsi la boule rouge.

1 ENFANT -> ENFANTS	6 GIRAFE -> ....
2 FLEUR ->	7 BALLON -> ....
3 ARBRE ->	8 PANDA -> ....
4 MELON ->	9 CABANE -> ....
5 POIRE ->	10 TOUPIE -> ....

Les mots à relier

ÉNIGME 7

Jadina a pour mission de trouver la boule verte.
Cette boule est le symbole de l'intelligence.

Avec ton feutre, relie les pronoms personnels aux formes conjuguées. Jadina obtiendra ainsi la boule verte.

JE	VA
TU	ALLONS
IL	VONT
NOUS	VAIS
VOUS	VAS
ILS	ALLEZ

Les pierres précieuses

ÉNIGME 7

Shimy n'a plus qu'à trouver la boule bleu foncé.
Cette boule est le symbole de la pureté.

Observe la valeur des pierres précieuses et résous les opérations. Shimy obtiendra ainsi la boule bleu foncé.

Les couleurs magiques

ÉNIGME 7

Les Légendaires ont réuni les cinq boules de cristal.

Colorie chaque boule de la bonne couleur en fonction de son pouvoir.

Merci pour ton aide incroyable
dans ces aventures fantastiques !

SOLUTIONS

Le tunnel P. 9

Complète l'écriture du dernier résultat en lettres.
Indice 1 : CENT-DIX.

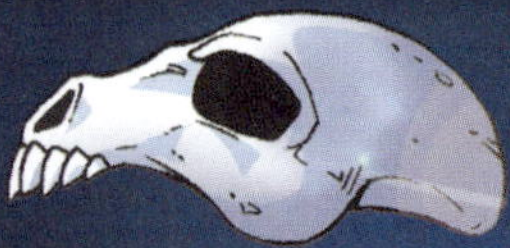

COMMENT S'APPELLE LE BÉBÉ DU CHEVAL ET DE LA JUMENT ? LE POULAIN.

CET ANIMAL FAIT « OUAF, OUAF ». QUI EST-IL ? LE CHIEN.

LA TIENNE A CINQ DOIGTS ET TU EN POSSÈDES DEUX. DE QUOI S'AGIT-IL ? LA MAIN.

SI JE SUIS UN GARÇON QUI HABITE À PARIS, ON DIT QUE JE SUIS UN PARISIEN.

UN JOUEUR DE MUSIQUE S'APPELLE UN MUSICIEN.

L'énigme d'Élysio P. 10

Complète avec le mot manquant.
Indice 2 : Quand quelque chose n'est pas proche, n'est pas à côté, on dit que c'est LOIN.

L'épée disparue P. 11

~~ADROIT~~	~~FERMÉ~~	~~LENT~~
~~EST~~	~~NORD~~	~~VENDRE~~
~~SUD~~	~~OUVERT~~	~~MONTER~~
~~ACHETER~~	CAVE	~~OUEST~~
~~RAPIDE~~	~~DESCENDRE~~	~~MALADROIT~~

~~PROPRE~~	~~GENTIL~~
~~LONG~~	~~COURT~~
~~MÉCHANT~~	~~GAUCHE~~
~~CAMPAGNE~~	~~VILLE~~
~~DROITE~~	~~SALE~~

Quel est le mot qui reste ?
Indice 3 : CAVE.

Le message codé P. 12

Quelle est la 5e lettre de l'alphabet ?
Indice 4 : E.

J'ai caché ton épée dans cette boîte. Ouvre-la et elle est à nouveau à toi !

Le bon mot P. 13

Peux-tu trouver l'infinitif ?
Indice 5 : VOULOIR.

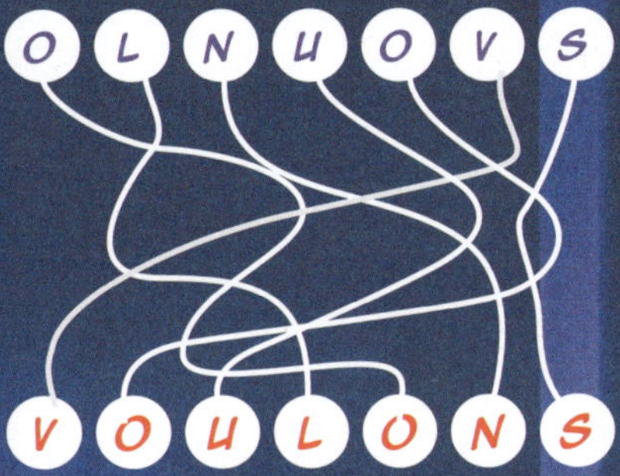

La personne mystère P. 14

Indice 1
2E LETTRE DE L'INDICE
I

Indice 2
2E LETTRE APRÈS LA 3E LETTRE DE L'INDICE
K

Indice 3
2E LETTRE DE L'INDICE
A

Indice 4
E

Indice 5
4E LETTRE DE L'INDICE
L

LE COUPABLE EST : IKAËL.

ÉNIGME 2

La dispute P. 17

PHRASES NÉGATIVES	PHRASES AFFIRMATIVES
JE N'AIME PAS UTILISER MES POUVOIRS.	J'AIME UTILISER MES POUVOIRS.
ON N'A PAS LE DROIT DE RÊVER.	ON A LE DROIT DE RÊVER.
TU NE GAGNES JAMAIS.	TU GAGNES TOUJOURS.
TU N'ES PAS LA PLUS FORTE.	TU ES LA PLUS FORTE.
TU NE M'AMUSES PAS AVEC TES IDÉES.	TU M'AMUSES AVEC TES IDÉES.

Combien y a-t-il de phrases négatives dans ce tableau ?
Indice 1 : 5.

Les nombres manquants P. 18

Calcule les sommes des deux ronds jaunes de part et d'autre de chaque triangle.

40 + 30 = 70 ; 60 + 70 = 130 ;
80 + 80 = 160 ; 40 + 40 = 80 ;
80 + 90 = 170

Le monstre qui laisse passer Jadina est celui qui a proposé le triangle avec la plus grande somme.
Quel est ce résultat ?
Indice 2 : 170.

Les angles droits P. 19

Combien comptes-tu d'angles droits ?
Indice 3 : 3.

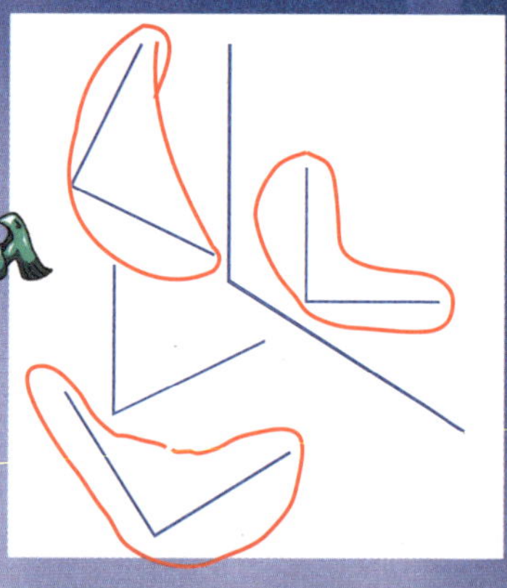

ÉNIGME 2

Portrait craché P. 20

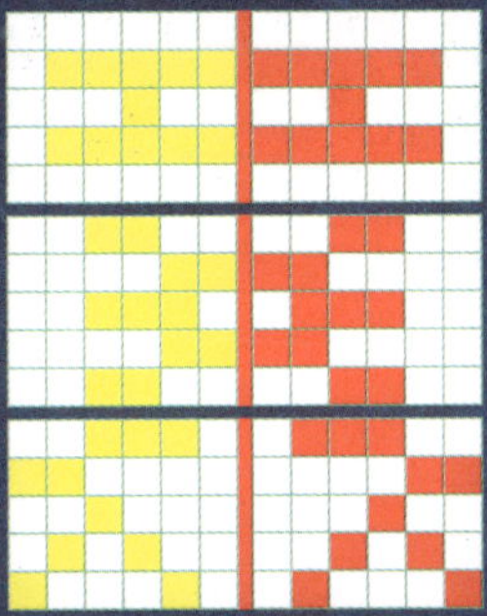

Comment s'appelle la ligne rouge qui sépare les figures ?
Indice 4 :
L'AXE DE SYMÉTRIE.

- DEMAIN, TU N'IRAS NULLE PART.
  FUTUR
- HIER, TU AVAIS ÉCHOUÉ DANS TA MISSION.
  PASSÉ
- L'ÉTÉ PROCHAIN, NOUS DÉVOILERONS NOTRE SECRET.
  FUTUR
- EN CE MOMENT, JE SUIS DÉRÉGLÉE.
  PRÉSENT
- ACTUELLEMENT, TU FAIS APPARAÎTRE TON ÉCLAIR MAGIQUE.
  PRÉSENT

Les temps P. 21

Combien comptes-tu de phrases au futur ?
Indice 5 : 2.

Le code de désactivation P. 22

Indice 1
L'INDICE
5

Indice 2
LE 1ER CHIFFRE DE L'INDICE
1

Indice 3
L'INDICE
3

Indice 4
LA POSITION DE LA DERNIÈRE LETTRE DE L'INDICE DANS L'ALPHABET
5

Indice 5
L'INDICE
2

LE CODE DE DÉSACTIVATION EST : 51352.

Les mots à classer P. 25

NOM DE PERSONNE	NOM DE CHOSE	NOM DE LIEU	NOM D'ANIMAL
GRYF	TALISMAN	KLASHINGA	SANGLIERS
GARDIEN			LOUPS
			LAPINS
			BLAIREAUX

Combien comptes-tu de phrases dans cette lettre ?
Indice 1 : 7.

Drôles de bagages P. 26

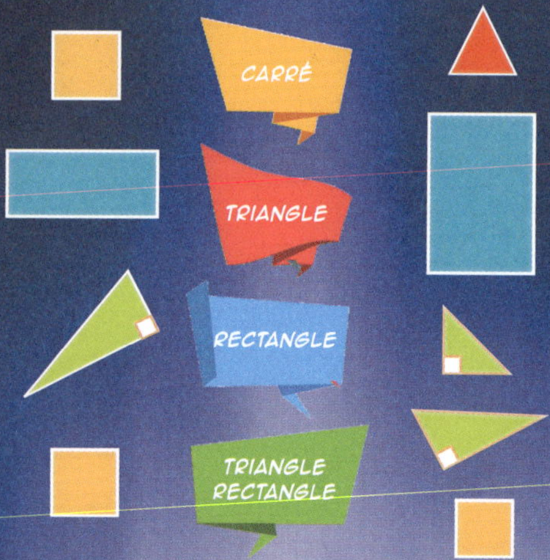

Combien de carrés comptes-tu ?
Indice 2 : 3.

Galeries souterraines P. 27

Quelle est la galerie qui mesure 6,6 cm ? C'est celle que doit emprunter Gryf.
Indice 3 : 4.

1	6 cm
2	5 cm
3	4 cm
4	6,6 cm
5	5,6 cm

La même famille P. 28

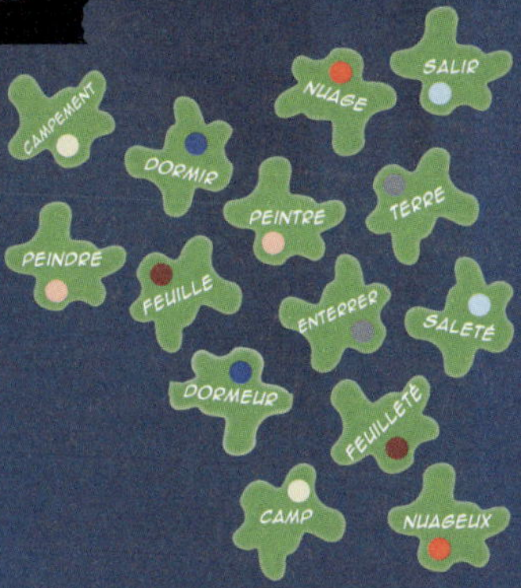

Combien vois-tu de familles de mots ?
Indice 4 : 7.

Tic-tac P. 29

S'il est 2 heures de l'après-midi, comment l'écrit-on le plus souvent : 14 h 00, 12 h 00 ou 14 h 02 ?
Indice 5 : 14 h 00.

La réactivation du talisman P. 30

Indice		
Indice 1	L'INDICE	7
Indice 2	LE DOUBLE DE L'INDICE	6
Indice 3	LA MOITIÉ DE L'INDICE	2
Indice 4	L'INDICE PLUS DEUX	9
Indice 5	LE 1ER CHIFFRE DE L'INDICE	1

LE CODE DE RÉACTIVATION EST : 76291.

ÉNIGME 4

Listes de mots P. 33

P. 33

Trouve le mot-étiquette commençant par A pour connaître le nom de la personne qui peut aider Shimy.
Indice 1 : ANIMAL.

La personne associée à ce mot est : PROFESSEUR VANGELIS.

HUIT, VINGT, CENT, TRENTE.
MOT-ÉTIQUETTE : NOMBRE.

LUNDI, SAMEDI, DIMANCHE, MERCREDI.
MOT-ÉTIQUETTE : JOUR.

CHIEN, RENARD, OURS, SANGLIER.
MOT-ÉTIQUETTE : ANIMAL.

VERT, BLEU, JAUNE, ROSE.
MOT-ÉTIQUETTE : COULEUR.

Les mots à trouver P. 34

GÂTEAU

SINGE

TIGRE

ORANGE

PIGEON

GLACE

Quel mot apparaît dans les cases jaunes ?
C'est l'endroit où doit se rendre Shimy.
Indice 2 : ASTRIA.

Décalage horaire P. 35

10 H 00 (MATIN)

00 H 00 (NUIT)

16 H 00 (APRÈS-MIDI)

00 H 00 (MATIN)

22 H 00 (SOIR)

Quelle est la lettre surlignée en jaune ?
Indice 3 : O.

ÉNIGME 4

La recette

P. 36

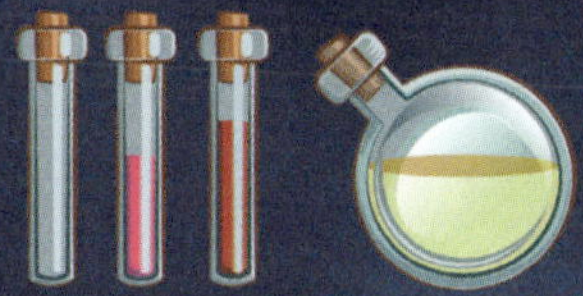

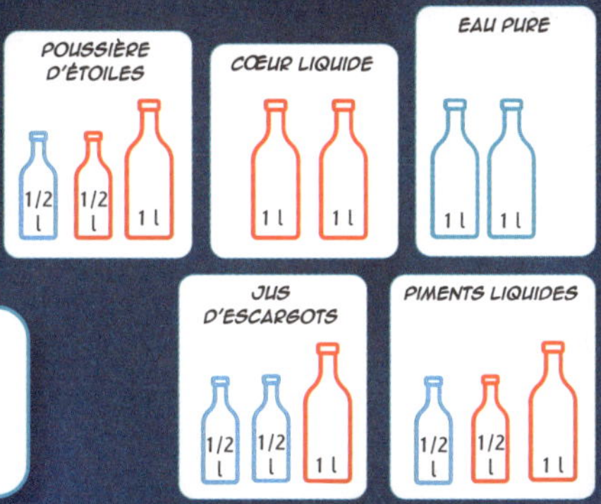

Quel ingrédient était déjà complet ?
Indice 4 : L'EAU PURE.

Au gramme près

P. 37

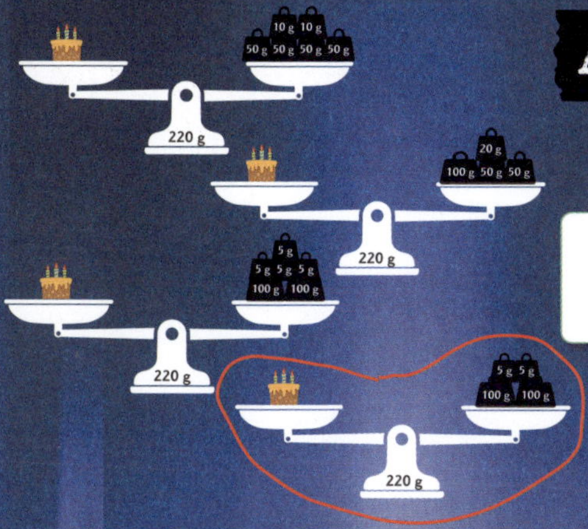

Écris le mot kg en entier.
Indice 5 : KILOGRAMME.

Le philtre de guérison

P. 38

Indice 1
1RE LETTRE DE L'INDICE
A

Indice 2
4E LETTRE APRÈS LA 5E LETTRE DE L'INDICE
M

Indice 3
L'INDICE
O

Indice 4
LA 3E LETTRE DE L'INDICE
U

Indice 5
LA 6E LETTRE DE L'INDICE
R

LE MOT MAGIQUE EST :
AMOUR.

Le livre P. 41

AMUSANT	CONTENT	MÉTIER	VILAIN
CAPTURER	LAID	GLACE	RAVI
RUSÉ	ATTRAPER	DÔME	MIROIR
DIFFICILE	COMPLIQUÉ	MALIN	PROFESSION
	RIGOLO		

Note l'intrus pour trouver le mot-mystère.
Indice 1 : DÔME.

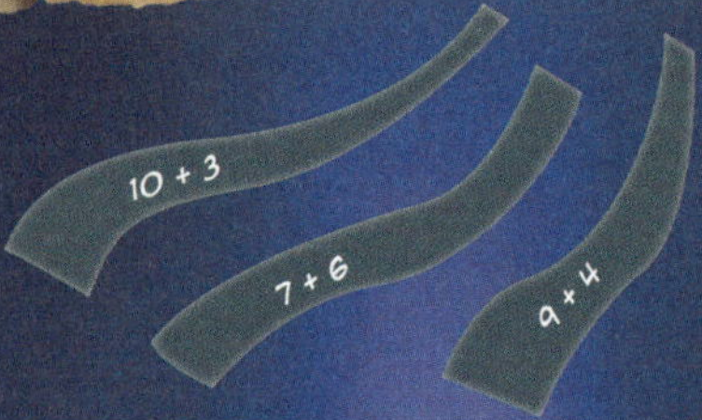

Vers le dôme P. 42

Écris en lettres le nombre que tu as trouvé qui ne fait pas 13.
Indice 2 : 2 + 9 = 11. ONZE.

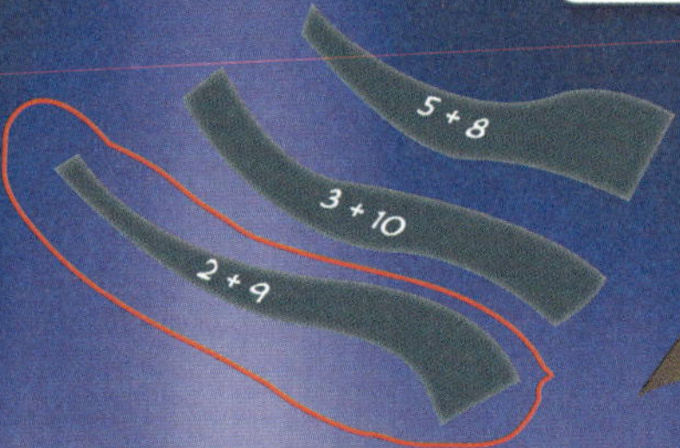

Que dis-tu ? P. 43

Combien y a-t-il de lettres dans l'alphabet ?

Donne la réponse en lettres.
Indice 3 : L'alphabet est constitué de VINGT-SIX lettres.

Les fleurs de Moon

P. 44

Additionne les trois chiffres du résultat le plus grand.
Écris ce résultat en lettres.
Indice 4 : 2 + 0 + 0 = 2 DEUX.

Le temps presse

P. 45

TU BROIES LA FLEUR. -> 1
TU VERSES UNE GOUTTE DANS DE L'EAU PURIFIÉE. -> 3
TU CROISES LES DOIGTS. -> 2
VOUS RESPIREZ TROIS GRANDS COUPS. -> 3
ELLE FINIT TOUT. -> 2
VOUS CRIEZ ET RECOMMENCEZ SI BESOIN. -> 4
SI VOUS AVEZ DE LA CHANCE, NORMALEMENT, ELLE EST SAUVÉE ! -> 4

Additionne toutes les syllabes.
Combien en as-tu trouvé ?
Écris le nombre en lettres.
Indice 5 : DIX-NEUF.

La guérison

P. 46

Indice 1	
3ᴱ LETTRE DE L'INDICE	M

Indice 2	
1ᴿᴱ LETTRE DE L'INDICE	O

Indice 3	
3ᴱ LETTRE DE L'INDICE	N

Indice 4	
1ᴿᴱ LETTRE DE L'INDICE	D

Indice 5	
5ᴱ LETTRE DE L'INDICE	E

LE MOT MAGIQUE EST : MONDE.

ÉNIGME 6

L'ordre alphabétique P. 49

PULL	1 BOTTES
COMBINAISON	2 CAPE
CAPE	3 CHAPEAU
GANTS	4 CHEMISE
CHEMISE	5 COMBINAISON
BOTTES	6 GANTS
PANTALON	7 JUPE
JUPE	8 PANTALON
ROBE	9 PULL
CHAPEAU	10 ROBE

Aucun des mots ci-dessus ne commence par une voyelle. Combien y a-t-il de voyelles dans l'alphabet ?
Indice 1 : 6.

Le message à déchiffrer P. 50

QUE VIENS-TU CHERCHER ? DÉPÊCHE-TOI
DE TROUVER AVANT QUE QUELQU'UN D'AUTRE
NE TE DÉPASSE ! JE SAIS QUE CET ŒIL T'INTÉRESSE
BEAUCOUP ET JE VEUX T'AIDER.
SI TU VEUX TROUVER L'ŒIL DU DRAGON, DIRIGE-TOI
PLUTÔT VERS LE HAUT. JE TE SOUHAITE
BON COURAGE, TÉNÉBRIS.

Combien de phrases comptes-tu dans ce message ?
Indice 2 : 5.

L'escalade P. 51

Quelle est la longueur du grappin du mur n°3 ?
C'est le mur que choisit Ténébris.
Indice 1 : 5 cm.

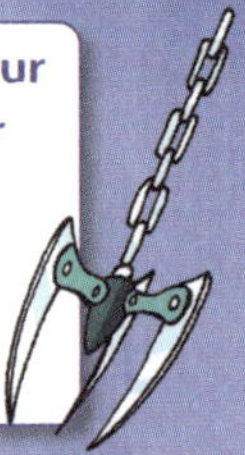

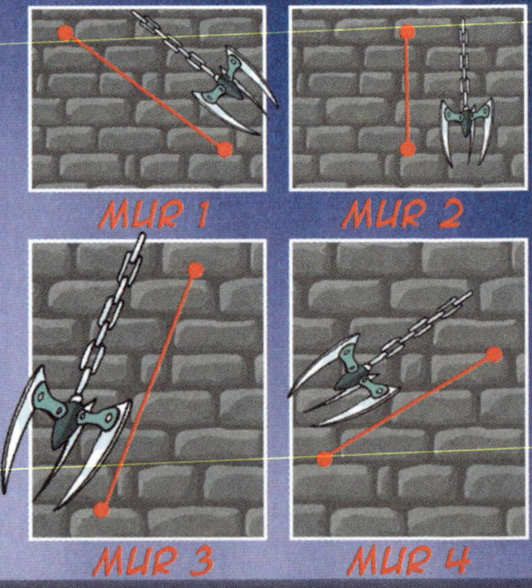

Que choisir ? P. 52

1er tunnel	2e tunnel	3e tunnel
PARIS	AVION	TOBOGGAN
CHIEN	RENARD	POUPÉE
LISBONNE	FRANCE	CAMION
NATHAN	CHAMEAU	MAISON
OURS	JULIE	FLEUR
BÉBÉ	TROUSSE	TRAIN
DESSIN		

Trouve le nom qui correspond au verbe, comme sur cet exemple : cuisiner : la cuisine.

Indice 4 : chanter : le CHANT.

Le bracelet magique P. 53

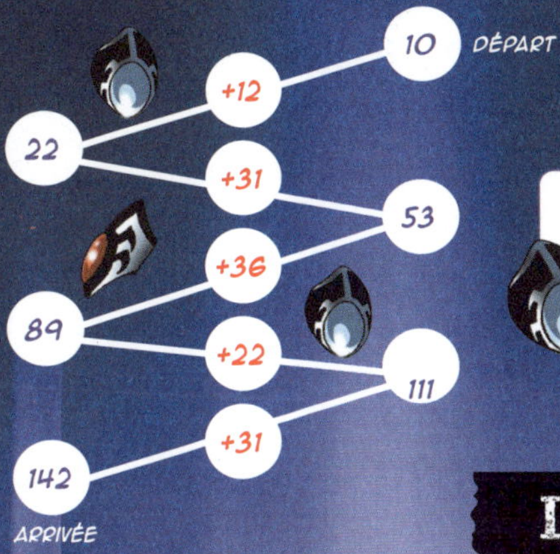

Combien reste-t-il d'énergie à Ténébris à la fin ?

Indice 5 : 142.

L'œil du dragon P. 54

Indice 1
L'INDICE
6

Indice 2
L'INDICE
5

Indice 3
L'INDICE
5

Indice 4
LA POSITION DANS L'ALPHABET DE LA 1RE LETTRE DU MOT TROUVÉ.
3

Indice 5
LE 1ER CHIFFRE DE L'INDICE
1

LE CODE POUR ENFERMER L'ŒIL DU DRAGON EST : 65531.

La pyramide P. 57

33

17 16

8 9 7

3 5 4 3

1 2 3 1 2

L'étoile P. 58

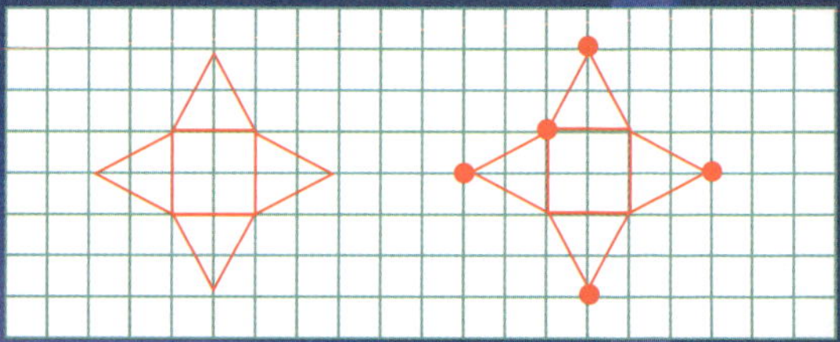

Le mot croisé P. 59

1 ENFANT	->	ENFANTS	6 GIRAFE	->	GIRAFES
2 FLEUR	->	FLEURS	7 BALLON	->	BALLONS
3 ARBRE	->	ARBRES	8 PANDA	->	PANDAS
4 MELON	->	MELONS	9 CABANE	->	CABANES
5 POIRE	->	POIRES	10 TOUPIE	->	TOUPIES

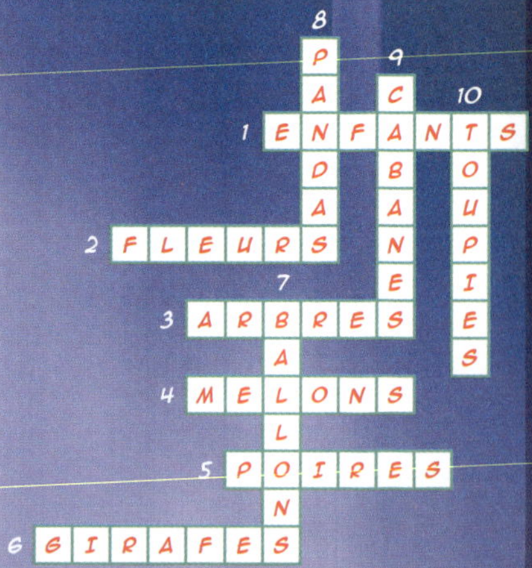

Les mots à relier

P. 60

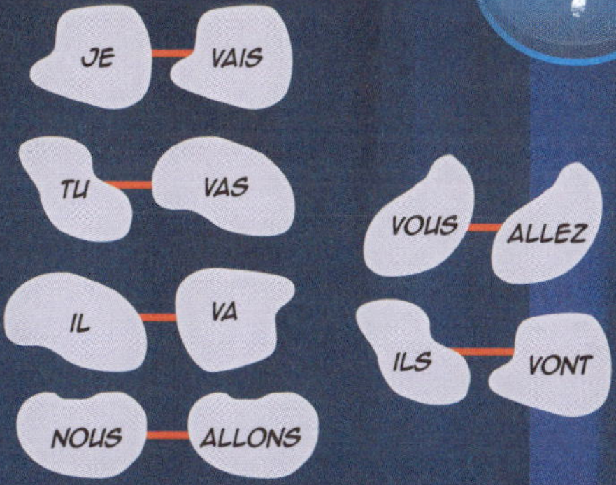

Les pierres précieuses

P. 61

Les couleurs magiques

P. 62

FÉLICITATIONS !
TU AS UTILISÉ TES CONNAISSANCES ET TU T'ES CREUSÉ LES MÉNINGES POUR MENER À BIEN LES SEPT ÉNIGMES, EN RÉCOLTANT TOUS LES INDICES. LES LÉGENDAIRES TE REMERCIENT CHALEUREUSEMENT DE TON AIDE ! CES AVENTURES ONT PROUVÉ TA VALEUR. TU ES DIGNE DE DEVENIR, À TON TOUR, UN(E) LÉGENDAIRE !

Imprimé en Espagne par EGEDSA.

Dépôt légal : février 2021 - 327640/01

N° de projet : 11046078 - avril 2021

PAPIER À BASE DE FIBRES CERTIFIÉES

LAROUSSE s'engage pour l'environnement en réduisant l'empreinte carbone de ses livres. Celle de cet exemplaire est de :
700 g éq. CO_2
Rendez-vous sur www.larousse-durable.fr